Hermann Suchier

Über das niederrheinische Bruchstück der Schlacht von Aleschans

Antigonos

Hermann Suchier

Über das niederrheinische Bruchstück
der Schlacht von Aleschans

Hermann Suchier

Über das niederrheinische Bruchstück der Schlacht von Aleschans

Unveränderter Nachdruck der Originalausgabe von 1871.

1. Auflage 2024 | ISBN: 978-3-38634-836-2

Antigonos Verlag ist ein Imprint der Outlook Verlagsgesellschaft mbH.

Verlag: Outlook Verlag GmbH, Zeilweg 44, 60439 Frankfurt, Deutschland, info@outlook-verlag.de
Vertretungsberechtigt: E. Roepke, Zeilweg 44, 60439 Frankfurt, Deutschland
Druck: Libri Plureos GmbH, Friedensallee 273, 22763 Hamburg, Deutschland

Über das

Niederrheinische Bruchstück

der

Schlacht von Aleschans.

Von

Hermann Suchier.

Sonderabdruck aus Bartsch's Germanist. Studien I.

WIEN.

Druck und Verlag von Carl Gerold's Sohn.

1871.

R

Es existiert ein Bruchstück einer deutschen Schlacht von Aleschans, das, obwohl bereits vor dreißig Jahren herausgegeben, noch heute eine eingehendere Besprechung nicht gefunden hat. Und doch verdiente dasselbe eine solche aus verschiedenen Gründen. Einmal war der Stoff des Bruchstückes derselbe, den Wolfram von Eschenbach in seinem Willehalm behandelt hat, und, abgesehen von den in französischer Sprache geschriebenen, sind diese beiden Werke neben einer italienischen Nachbildung, wie es scheint, die einzigen, welche die Bataille d'Aleschans, die beliebteste der Branchen von Guillaume d'Orange, behandeln. Denn Jonckbloet [1]) geht zu weit, wenn er in der von ihm citierten Stelle Maerlants Beweise für die Existenz einer mnld. Schlacht von Aleschans findet. Eine unbefangene Betrachtung jener Stelle ergibt nur, daß Maerlant neben dem mnld. moniage Guillaume eine französische Bataille d'Aleschans bekannt war.

Daß der Verfasser des niederrheinischen Werkes nach französischer Quelle gearbeitet hat, konnte von vorne herein nicht zweifelhaft sein. Gieng das deutsche Gedicht, wie man bisher annahm, der Zeit nach Wolfram voraus, so mußte es schon als so alte Übersetzung aus dem Französischen Interesse erwecken, noch mehr aber, insofern es uns dann einen alten und vielleicht den ältesten Text der Bataille d'Aleschans in zum Theil treuer Übersetzung überlieferte. Eine Behandlung dieser Fragen ist erst ermöglicht worden, seit der französische Text im Druck erschienen ist. Nun läßt sich das Bruchstück mit dem französischen Gedichte vergleichen, und da dieses den Herausgebern unzugänglich gewesen, so gab ein solcher Vergleich in verschiedenen Punkten eine Modification des von ihnen hergestellten Textes an die Hand. Da die Mundart des Gedichtes, welche die niederrheinische ist, keineswegs ganz in dem diesem Dialecte conformen Lautbestande erscheint, so war auch eine Untersuchung der Sprache zur genauern Feststellung der fremden Bestandtheile geboten.

---

[1]) Geschiedenis der Middennederlandsche Dichtkunst. Erster Theil. Amsterdam. 1851. S. 321. 203. Clarus stimmt ihm bei, Herzog Wilhelm von Aquitanien. S. 307.

1. Überlieferung.

Dr. Friedrich Anton Reuss, Privatdocent in Würzburg, fand im Jänner 1838 an einer Hospitalrechnung vom Jahre 1613 im städtischen Archive zu Kitzingen einundzwanzig 18 Zoll lange und fingerbreite Pergamentfalze, die nach der mühevollen Arbeit der Zusammensetzung, Reinigung und Entzifferung vier Grossoctavblätter ergaben. Jede Seite enthält zwei Spalten, jede Spalte 42—43 auf farbigen Linien stehende Zeilen. Jedes der vier Blätter ist von oben nach unten in sechs Streifen zerschnitten worden, und folgender Weise vertheilen sich die 21 Streifen auf die vier Blätter: die sechs Streifen, die das erste Blatt bilden, sind vollständig erhalten; fünf Streifen ergeben das zweite, vier das dritte und sechs das also ebenfalls vollständige vierte Blatt. Die fehlenden Streifen werden am innern Rande der Blätter vermißt, so daß die erste Spalte der Recta und die zweite der Versa um die Breite eines Streifens beim zweiten, um die Breite zweier Streifen beim dritten Blatte verringert sind. Die Schrift ist kraus, von Farbe bräunlich-schwarz, überaus fein, aber deutlich, und gehört nach Reuss dem Anfange des vierzehnten, nach Roth dem dreizehnten Jahrhundert an. Die Verse sind nicht abgesetzt, sondern durch Punkte bezeichnet, aber nicht überall. Die Anfangsbuchstaben der Abschnitte sind roth, die Abschnitte überdies durch einen grünen Querstrich angedeutet. Einzelne Stellen dieser Blätter sind stark abgerieben oder durchlöchert, also das Herausgelesene nicht überall sicher. Hier und da zeigen sich Berichtigungen zweier, wie es scheint, gleichzeitiger Hände. Die Kämpfer sind mit ihren Rossen und Waffen am Rande der Spalten abgebildet, die Franzosen roth, die Heiden oder Türken schwarz oder grau; Letztere auch zottig und mit langen Krallen.

2. Litteratur.

Die erste Ausgabe dieser Blätter veranstaltete Dr. Reuss unter dem Titel: Fragmente eines altdeutschen Gedichtes von den Heldenthaten der Kreuzfahrer im heiligen Lande, im Archive der Stadt Kitzingen aufgefunden. Kitzingen, 1839. 8. 15 S. Die erste und vierte Spalte des dritten Blattes, wovon nur ein Streifen erhalten war, ließ Reuss ganz hinweg. Ein grosser Theil des von ihm Gelesenen ist trotz der Mühe, die er auf die Entzifferung verwandte, unverständlich geblieben, doch hatte Reuss die richtige Reihenfolge der Blätter mit anerkennenswerther Sorgfalt hergestellt. Der Inhalt des Bruchstückes war von Reuss missgedeutet, woraus sich der eigenthümliche Titel seiner Ausgabe erklärt.

Außer Reuss und dem gleich zu nennenden Herausgeber Roth
ist San-Marte der einzige gewesen, der das Bruchstück einer Besprechung
würdigte. Der betreffende Aufsatz erschien in den Neuen Mittheilungen
des thüringisch-sächsischen Vereins, herausgegeben von Förstemann.
Band IV, Heft 3. Halle und Nordhausen, 1839. S. 133, und vergleicht
das Bruchstück mit dem entsprechenden Theile von Wolframs Willehalm. San-Marte war hier der erste, der die Reussische Ansicht über
den Inhalt des Gedichtes als verfehlt bezeichnete, indem er es für die
Übersetzung eines französischen Gedichtes aus dem Kreise von Guillaume d'Orange erklärte. Hingegen hatte San-Marte unrecht, wenn er
die von Reuss richtig erkannte Reihenfolge der Blätter verändern wollte.

Der Mühe, die von Reuss nur mangelhaft gelesene Schrift sorg-
fältiger zu prüfen, unterzog sich Dr. Karl Roth in München, dem es
gelang, als Resultat seiner sorgfältigen Prüfung einen bis auf Weniges
verständlichen und lesbaren Text herzustellen. Er veröffentlichte diesen
Text in seinen Denkmälern der deutschen Sprache vom achten bis
zum vierzehnten Jahrhunderte. München, 1840. S. 79—96, und machte
daselbst S. XIV—XV einige Angaben über das Gedicht. Nach dieser
Ausgabe wird im Folgenden citiert.

Hiermit ist die Litteratur unseres Bruchstückes erschöpft. Denn
weder Clarus (Volk) in seinem fleißigen Werke: Herzog Wilhelm von
Aquitanien. Münster, 1865. S. 309. 363, noch Jonckbloet in seiner gründ-
lichen Untersuchung über die Gedichte des Guillaume-Cyclus [2]), noch
Gautier, les épopées françaises, III. S. 35, haben das Bruchstück einer
genauern Besprechung unterzogen, vielmehr sich mit einer kurzen
Erwähnung begnügt, wie eine solche auch in andern Werken begegnet.

3. S p r a c h e.

Die Mundart des Gedichtes ist die niederrheinische, doch zeigt
sie sich durch hochdeutsche und durch niederländische Einflüsse variiert.
Wie haben wir diese Einflüsse zu erklären? Schwerlich daraus, daß
das Gedicht ursprünglich hochdeutsch oder niederländisch verfaßt war.
(*hôt* (= *hât*) : *dôt* II, 143 kann nicht Niederländisch sein.) Viel mehr
spricht dafür, daß es von Anfang an am Niederrhein nicht fern der
Grenze des Niederländischen seine Heimat hatte, und daß die niederländischen Einflüsse aus diesem Grunde bereits in dem Idiome des
Verfassers vorhanden waren. Das Hochdeutsche konnte aber in solcher

---

[2]) Guillaume d'Orange. Chansons de geste des XIe et XIIe siècles. La Haye,
1854. Theil II, S. 223. Jonckbloet nennt das Bruchstück Niederdeutsch.

Entschiedenheit, wie es unser Bruchstück bietet, unmöglich in dieser Gegend heimisch sein, da es den Rhein weiter hinauf, z. B. in Köln, in viel geringerem Maße auftritt (vgl. z. B. *haupt* II, 107 mit dem kölnischen *hôvet*). Wir glauben daher, daß der Schreiber des Kitzinger Fragments ein Hochdeutscher war, der den ursprünglichen Lautbestand mit hochdeutschen Lauten versetzte. Folgendes bestätigt das über die Heimat Gesagte.

1. Die Reime sind leider von der Art, daß sie nur wenig Ausbeute geben, zumal man oft nicht darüber im Klaren ist, ob der Verfasser wirklich einen Reim beabsichtigte oder nicht. Doch spricht dafür, daß das Gedicht ursprünglich niederrheinisch (nr.) war, der Abfall des *n* im Auslaut, wie *sînen : pîne* I 10, *varen : gar* I 57, *vallen : mitalle* III 53, *vlîte* (Hs. *vlisse*) : *samîten* IV 154. Da sich Formen wie diese außerhalb des Reimes ohne *n* finden, so müssen wir wohl *sîne vare* (: *gare*) *valle samîte* lesen. Beispiele aus Karlmeinet s. Bartsch, über Karlmeinet, S. 228—234. — Auch *was : daz* III 70 und *baz : was* IV 178 widersprechen nicht. Vgl. *lois : schoiz*, V. 1145 in Anselmus boich (in Schades geistlichen Gedichten des vierzehnten und fünfzehnten Jahrhunderts vom Niederrhein), das nach Schade tief unten am Niederrhein zu Hause ist, und Stellen bei Bartsch, über Karlmeinet 256.

2. Ein Durcheinanderwerfen der Flexionsendungen, wie es unser Bruchstück bietet (vgl. S. 16—19), ist gerade an der niederländischen Grenze erklärlich, indem der Verfasser, dem von Haus aus ein halb niederländischer Sprachgebrauch eigenthümlich war, sich dem Hochdeutschen zu accomodieren strebte, ohne doch des Hochdeutschen zur Genüge mächtig zu sein.

3. Niederländisches im Wortgebrauch ist z. B. *harentare,* das sich sehr oft, z. B. I 66, findet. Der hochdeutsche Schreiber suchte sich diese ihm nicht geläufige Redensart durch zwischengesetztes *unt* mundgerechter zu machen: *haren unt tare* I 41, wo schon der Anlaut von *tare* auf ein ursprüngliches *harentare* hinweist. — Dann *lêren* I 158 im Sinne von *lernen*.

4. Manche im Niederrh. besonders beliebte Worte sprechen für nr. Abfassung: *dervâren* I 49; *bessren* I 58 intransitiv, vgl. *dat si enbeiden sîden beszerin sulen.* Lacomblet, Urkundenbuch für die Geschichte des Niederrheins II 542; *verwonden* II 125; *ii. warve* II 73; *ôf hœher* IV 5, vgl. *si bigunde up hôr treden.* Wernher vom Niederrhein [3]), von W. Grimm 27, 6. *mîn herce tridet upôr.* Marienlieder in Haupts Zeitschrift X. 89, 15; *quâtic* IV 25; *blîscepe* IV 89; *dercoberen* IV 192.

---

[3]) Der Kürze halber citiere ich auch den Wilden Mann unter diesem Titel.

Der hochdeutsche Schreiber hat auf jeden Fall viele Eigenthümlichkeiten der ursprünglichen Mundart unterdrückt, indem er die ihm ungewohnten Lautverhältnisse durch hochdeutsche Formen ersetzte. Mehreres spricht dafür, daß dieser Schreiber ein Baier war. Die Vorsilbe *der-*, die unser Gedicht ausnahmslos für mhd. *er-* setzt, zeigt kein nr. Denkmal, während ihre Heimat gerade das Baierische ist (Weinhold, bairische Grammatik, §. 234). — *au* ist durchgängig für nr. *ou* oder *ô* (das sowohl mhd. *ou* als mhd. *öu* vertritt) eingeführt. Die seltsame Form *haub* I 140, *haup* III 81, die sich neben regelmäßigem *hoeb* II 117 findet, erklärt sich aus dem nr. *houf* (z. B. Dorotheen Passie V. 45 in Schades geistlichen Gedichten), worin *ou* wie im mnld. die Stelle eines organischen *oe* vor *f* vertritt. Ebenso liegt *vlauc* II 99, das in dieser Form nur perfect von *vliegen* sein kann, ein nr. *vlouch* zu Grunde, dessen Diphthong den hochdeutschen Schreiber veranlaßte, es als Perfect von *vliegen* anzusehen, während doch das französische *fuit*, Bataille d'Aleschans, 6018, beweist, daß es Perfect von *vliehen* war. (Vgl. *zouch*, dat lîden der hîlger Machabeen, 53 in Schades geistlichen Gedichten. Adolf von Nassau, 379, in Haupts Zeitschrift III, 7.) — *ai* gewährt unser Bruchstück öfter für nr. *ei* oder *ê*, selbst in Fällen, wo nr. *ei* eine geschlossene Aussprache hatte, z. B. *hailt* II 105. (Solche Formen konnten nicht aus dem Bestreben des Verfassers, sich dem Hochdeutschen zu nähern, hervorgehen, beweisen also evident, daß ein hochdeutscher Schreiber im Spiel war; vgl. den Reim *vlisse* (aus *vlîte*): *samîten*, IV 154). — *ou* für *û* in: *darouf* I 176 (neben *ôf* I 32, *darûf* III 118, *ûf* IV 13), *boisoune* II 43, *hout* II 80, *houfen* I 141, *doucht* II 118, *rouch* III 139 ist baierisch.

Ferner ist ein hochdeutscher Laut der Umlaut *ue* in *hueten* I 5, *suesse* I 28, *mueste* II 144, *sluege* IV 93, *kuene* II 27, *muede* II 133. Dieses *ue* zeigen da, wo das mhd. den Laut *üe* anwendet, zwar viele nr. Denkmäler, aber alle diese Denkmäler kennen *ue* auch als Vertreter des mhd. *uo*. Die ursprüngliche Mundart unseres Gedichtes schrieb in beiden Fällen *oe*, zuweilen *ô*, und so wird das mhd. *uo* stets (außer in *stond*, das bereits kurzen Vocal haben mag, und in dem erwähnten *haub*), das mhd. *üe* in *voessen* I 93, *moede* IV 163 wiedergegeben. *û* in *gevûrt* I 113, *grûst* II 156 ist nur eine andere Bezeichnung des tiefen nr. *oe*, die bei dem Wilden Mann, Wernher vom Niederrhein, im Herzog Ernst u. s. w. Regel ist; denn *ů*, das Wernhers Hs. oft dafür schreibt, ist nur graphisch von *u* verschieden, vgl. *gût* 1, 9 = mhd. *uo*; *vûze* 8, 34 = mhd. *üe*; *sûnnen* 2, 9 = mhd. *u*; *ûvile* 33, 20 = mhd. *ü*; *kûme* 13, 20 = mhd. *û*; *tûvel* 7, 34 = mhd. *iu*. Alle nr. Denkmäler, die für mhd. *uo* und *üe* ihr *ue* setzen, lassen dieses mit *oe* wechseln, was beweist, daß der Laut ein zwischen *ô* und *û* schwankender war, für den Wernhers Hs. mit demselben Rechte *û* schrieb, wie Schade in Crescentia dafür *ô* durchführte. Da nun *ue* in unserem Fragment nie den Laut *û* bezeichnet und an keiner Stelle vorkommt, wo es nicht mhd. *üe* vertritt, selbst nicht für *uo*, so halten wir dieses *ue* wohl mit Recht für ein Product des hochdeutschen Schreibers.

Auch bei der Wiedergabe der Consonanten muß sich der Schreiber durchgreifende Neugestaltungen erlaubt haben, da wir in einem vom nld. beeinflußten Dialect ein Vorherrschen niederdeutscher Laute erwarten und statt dessen in überwiegendem Maße hochdeutsche Laute vorfinden, selbst wo dem nr. sonst der niederdeutsche Laut allgemein geläufig ist. Eine specielle Darlegung, die wenig Interessantes bieten würde, übergehen wir. Bemerkt sei, daß das inlautende *h* in *hôher* I 76, *vliehen* II 169 u. s. w. nicht nr. ist, da das nr. inlautendes *h* entweder in *g* wandelt oder es ganz verstummen läßt, wobei dann die beiden Silben in eine zusammenzufließen pflegen.

In andern Fällen ist zweifelhaft, ob und wie viel der Baier ausmerzte, ob er z. B. für die ihm wohl fremd tönende starke Form als Vertreterin der schwachen im weiblichen Dativ singular des Adjectivs, die nur einmal (*miter corter nase* I 111) vorkommt, in andern Fällen (z. B. *grôsten* IV 23) die hochdeutsche einführte, und wenn wir im Folgenden die Eigenthümlichkeiten der Sprache zusammenstellen, so ist dabei zu erwägen, daß wir nirgends bestimmt wissen, wie viel geändert ward, und ob nicht Manches (z. B. *ie* statt mhd. *i*) erst durch den Abschreiber in die Mundart hineingetragen ist.

Was zunächst niederländische Anklänge betrifft, so gehört dahin das streng durchgeführte *sc* für mhd. *sch,* — der Mangel des Umlauts bei *â*, wo das nr. *ê* auf *onsêlgen* III 82 *onsêlden* IV 65, beschränkt ist. Solches Schwanken zwischen *â* und *ê* zeigt auch Karlmeinet (Bartsch, über Karlmeinet S. 223. 224). Dieses *â* kann auch bairisch sein (Weinhold, bairische Grammatik, §. 34. 42). — Niederländisch ist *ae* vor *r* mit folgendem Consonanten: *geraert* I 181. — *merie* II 109 lautet neuholländisch *merrie*. — Auch *ende* I 112 findet sich neben *unt* I 119. — *gedinken* II 51 hat ndl. Form; vgl. z. B. van den vos Reinaerde V. 1997 der Ausgabe von Jonckbloet.

Manche nr. Eigenthümlichkeiten werden in unserm Bruchstück gänzlich vermißt, z. B. das vor Allem in Köln beliebte, langen Vocalen nachtönende *i*, die erste Person singular des Praesens ind. auf —*en*. *Ch* entspricht dem mhd. *c* im Auslaut niemals, doch gehört dahin wohl:

suindechelîchen IV 18, *geweldechelîchen* IV 189 (Hs. *geweldechen*) neben *geweldekelîche* II 65; *ch* zeigt auch *hacht* IV 176 (vgl. *naicht* Hagens Reimchronik der Stadt Cöln, V. 356 der Grooteschen Ausgabe, *nachet,* Marienlieder 22, 22. 31, *smachden* 64, 33).

Die noch nicht erwähnten Lauterscheinungen sind folgende: für mhd. *a* steht *o* in: *ober* I 107 neben *aber* IV 108, *olse* I 147 neben *alse* I 21, *obe* I 21. 190 neben *abe* IV 107, *dor* IV 148 neben gewöhnlichem *dar* II 105, *doz* IV 16 neben *daz* I 28 und *dez* I 74 (von späterer Hand), *troften* IV 148.

Für mhd. *â* steht *ô*: *ône* I 134 neben *âne* IV 188, *kemnôten* II 143, *hôn* I 83, *hôss* II 113, *hoess* II 174, *hôt* II 143, *hoet* III 87, *hât* I 81, Inf.: *hôn* IV 164 neben *haben* IV 174, *dochte* I 107.

Für mhd. *i* steht *e*: *deresscet* I 67, *desen* I 146 neben *disen* I 14, *secherhêde* IV 66; dafür steht *ie*: *wier* I 22 neben *wir* I 15, *ier* I 53 neben *ir* I 52, *siehe* I 63, *sieh* II 35 neben *sich* I 40, *jet* II 90 neben *it* I 40, *wieder* IV 27 neben *wider* I 38.

Für mhd. *e* (Brechung von *i*) steht *a* in: *har* I 69, *nave* I 111 neben *neve* I 181, *sahen* IV 146, *gesahen* I 177, *halleme* IV 9 neben *helme* I 162, *gabt* IV 31, *waste* IV 181. — *geslagte* IV 89 neben *geslechte* I 121. Niederrheinische Denkmäler gewähren diese Lauterscheinung ganz vereinzelt: *zubrachin* Wernher vom Niederrhein 9, 12, *sprachen,* Marienlieder 32, 1, und auch das Bairische kennt sie nur in beschränktem Umfang. (Weinhold, bairische Grammatik, §. 4. 6.) Desto geläufiger ist sie dem Alemannischen (Weinhold, alemannische Gramm. §. 9. 11), und vielleicht ist das Kitzinger Fragment an der Grenze des Alemannischen und Bairischen niedergeschrieben worden.

Für tonloses *e* steht *i* nur in *grôssim* III 49.

î wird zu *ie*: *iesenîn* I 6 neben *îsen* I 79; zu *e*: *iegelechem* I 3 (vgl. *barmelechen,* Marienklage V. 171 in Schades geistlichen Gedichten, *hercilechen,* Marienlieder 104, 24), das vereinzelt neben dem gewöhnlichen —*lich* steht.

Für *ei* zeigen *ê*: *oehêm* II 36, *secherhêde* IV 66.

Häufiger als in irgend einem nr. Denkmal erscheint *ou* als Vertreter von mhd. *o* oder *u*: *gehoulfen* II 113 neben *geholfen* II 111, *soult* IV 20 neben *solten* IV 152, *woulten* I 31, *woullen* I 36 neben *wolt* I 108. 63, *woul* I 61 neben *wol* II 1, *voulc* III 143 neben *volks* I 33, *touren* IV 91, *soune* IV 42, Plur. III 95, *wounonge* II 68, *pouneis* III 123, *genoumen* III 36 neben *vernomen* I 115, *scoussen* II 186, *geloust* II 150, *couper* III 97, *douch* I 7, *nouch* I 187, IV 85 neben *denoch* IV 133, *mouchte* I 9, *gebrouchen* IV 111, *vlouhen* I 74, *vloucht* I 52 neben *vluhen* III 121,

nou I 5, *dou* I 34 neben *do* II 155. In andern nr. Denkmälern erscheint
dieß *ou* weit seltener. Hagens Reimchronik gewährt es nur vor *l* (Ausgabe von Lempertz. Köln 1847. *unhulde : woulde* S. 30, *schoult : hoult*
S. 164, *voulck* S. 216, *wolde : soulde* S. 217). *gedoult* 234, *houlz* 819,
goult 825 aus dem lîden der hîlger Machabeen. *gegoulden* Lacomblet,
Archiv für die Geschichte des Niederrheins. Erste Abth. I 119, *voulgt*
daselbst, II 185. Bei weitem seltener als vor *l* findet sich *ou* sonst:
schouze : vloize. Ursula 365 in Schades geistlichen Gedichten. *hertzouge.*
Lacomblet, Urkundenbuch III 1067. Das älteste datierbare Beispiel,
das mir begegnet ist, ist *Lembourch* das. III 54 (vom Jahre 1307), *bourgh*
III 220 (vom Jahre 1327); vgl. über das nr. *ou* Schade geistl. Ged.
S. 243. Das so häufige Erscheinen dieses *ou* in unserm Bruchstück ist
also sehr auffällig, da im dreizehnten Jahrhundert zwar *ů* (und *ŏ*) in
ähnlicher Function, aber kein *ou* begegnet. Die zweifelhafte Natur
dieses *ů*, das zuweilen denselben Laut als *ou* bezeichnet (*scholt : gehůlt.*
Adolf von Nassau V. 525, *wůlde.* Ein leich vom Niederrhein, V. 20 in
Haupts Zeitschrift III 219), öfter aber (nicht nur in der hannöverschen
Hs.) andere Laute vertritt, gestattet uns nicht, es mit unserm *ou* zu
vergleichen. Zum Theil mag *ou* bairisch sein. Weinhold, bairische
Gramm., §. 102. Zu Weinholds Beispielen füge man: *sounnun.* Zweiter
Physiologus, S. 22 in Hoffmanns Fundgruben I. Auch das Alemannische
und Elsässische kennt dieses *ou* (Weinhold, Alemannische Gramm.,
§. 71. 139).

Mhd. *u* wird zu *o* in: *storme* II 6, *worme* III 136, *dor* I 60, *wor-*
den I 49, *corter* I 111 (Hs. *coerter*), *derzorn* IV 97, *holfen* III 76, außer-
dem stets vor Nasalen außer *unt* I 3, *umbe* II 74 neben *ombe* II 53,
dunkt IV 81, *gunêrt* IV 103 neben gewöhnlichem *on—* III 82.

Für mhd. *ü* steht *o* in *koninc* I 8, *vor* I 64. 132, IV 92, *wormîn* II 80.

Für mhd. *o* steht *u* in *vulîchen* IV 46 neben *vol* II 124, *uder* II 16,
ube II 51 neben *of* IV 94, *suls* II 19; *a* steht in *van* I 28, *sal* I 1 neben
sols I 157.

Für mhd. *iu* steht *û*; *îr* I 14 steht für *ûr* (z. B. Wernher vom
Niederrhein 53, 18) und dieß für *ûwer* IV 86.

Für mhd. *ie* steht *i* in *hîr* II 35, *vîl* III 71 neben *viel* III 111,
nimer I 36 neben *numer* I 114, *umer* I 123.

Mhd. *ô* und *oe* werden beide durch *ô*, zuweilen *oe*, wiedergegeben;
oe soll jedenfalls Länge, nicht Umlaut bezeichnen.

eu gewähren für mhd. *ö meuchte* I 28, *deurften* II 7, für mhd. *ü*:
meug IV 164.

Erwähnt sei noch *k* in *stanken* IV 104 neben *stange* I 38, *dor* I 60 neben *dorch* IV 137, *sî* III 81 neben *sich* I 43, *sic* I 119 (*sî* auch Anselmus boich, Schade geistl. Ged. S. 244 und Marienlieder 3, 35). — *cht* für mhd. *ht* und *geslagte* IV 89 neben *geslechte* I 121. — *ss* für *hs*: *wassen* II 66, *woes* II 70, *wasse* IV 177. — Anlautend *h* fehlt oder steht unorganisch in *ûtten* II 3, *êre* IV 174 neben *hêren* I 13, *halle* I 54 neben *alle* I 55, *hort* I 101, *hors* I 141 neben *ors* I 164. Inlautend *h* entbehren *it* I 40, *jet* II 90, *nit* I 1, *suls* II 19; *g* und *k* dafür gewähren *gein* I 9, *kein* I 47, *dekein* IV 14, *hôge* IV 84 neben *hôher* I 76, *gevliegen* II 102 neben *vliehen* II 169. — *sond* IV 95 steht vereinzelt neben *solten* IV 152. — *vrunkelîchen* I 8 statt mhd. *vrumeclîchen*. — Unorganische Gemination ist zahlreich z. B. *allten* IV 151 neben *alteste* IV 81, *halleme* IV 9 neben *helme* IV 126 und umgekehrt: *dire* IV 183 neben *dirre* I 29, *gewine* IV 162 neben *gewinnen* III 94.

Außer der Schreibweise *suwerte* I 9, *suwâre* I 140, *suwarz* II 75, *geuwin* IV 64, *geuwonnen* IV 96 (vgl. *bleuwen*. Erste Ursula 384 in den altdeutschen Blättern II 41, und im Holländischen *eeuw, leeuw, zwaluw* u. dgl.) sei noch einiger accessorischer Laute gedacht. *b* ist accessorisch in *umber* IV 120 (auch sonst im Mitteldeutschen. *imber* Athis und Prophilias A° 147. Crane von Bertolt von Holle, 2250, 2265, *umber*, Dêmantîn 9), *t* in *harstonier* IV 49, *stiest* I 190 neben *stiess* IV 61, *wisent* I 47. Auf der andern Seite erleidet *t* öfter Apocope im Perfectum der schwachen Verba: *wâpen* I 119 für *wâpente*, I 135 für *wâpenten*. Aber das Participium heißt *gewâpent* I 138, *derderenke* I 130, *beston* III 126 neben *verstont* I 43, *derzorn* IV 97, *jagsse* I 60, aber *jagten si* II 2.

Wie die letzterwähnten Formen, so verräth auch eine Reihe anderer im Auslaut eine Corruption. Da nun gleich den Gesetzen der sprachlichen Entwicklung auch die Gesetze der sprachlichen Verderbniss Naturgesetze sind, so verlohnt es sich um so eher, hierauf einzugehen, als unser Gedicht eine Mannigfaltigkeit von Formen neben einander gewährt, die auf den Ausgangspunkt und die Art des Fortschreitens der Verderbniss einiges Licht wirft.

Ausgangspunkt scheint der Abfall des *n* gewesen zu sein, der im Auslaute nach einem unbetonten *e* nicht selten eintrat:

1. In der ersten Pers. Plur. vor folgendem *wir* wie mhd.

2. Im Infinitiv: *pîne* II 52, *gelich* IV 173, sonst lautet der Inf. auf -*en* aus: *hüeten* I 5.

3. In der dritten Pers. Plur. in *wâpen* I 135 für *wâpenten, derlücht* IV 91 für *derlüchten, si meug ons* IV 164 für *si meugen ons, dercante si* II 31, *si mouchte* IV 146, sonst ist die Endung -*en*: *si haten* IV 144.

4. Im Dat. Plur.: *slege* I 146, *conkrîche* IV 34; gewöhnlich ist die Endung des Dat. Plur. *-en*, wie: *slegen* I 19.

5. Im Acc. sg. masc. der starken Adjectivflexion: *aine* IV 175, wo das danebenstehende *grôssen* das *n* bewahrt hat.

6. Die casus obliqui der schwachflectierenden Substantiva und Adjectiva büßen oft *n* ein: *neve* Dat. sg. I 181, *dem jonge* V. I 72 neben *aime snellen ors* IV 139.

7. Der bestimmende Artikel verliert *n* im Acc. sg. masc. *de* IV 100 neben *den* IV 48.

Das einem solchen *n* vorausgehende *e* fällt nicht selten ab, am meisten, wenn das Wort auf *-nen* ausgieng: Acc. sg. masc. *sîn* III 117, *ain* I 179; daneben die vollständige Form: *sînen* I 45, *ainen* I 78.

Das *m* des Dativ sg. der starken Adjectivdeclination wird oft zu *n*, z. B. *mînen* I 2, und auch dieses *n* kann Abfall erleiden: *aine* III 136, IV 96 für *ainem*, *sîn* I 105 für *sînem*. Daneben finden sich Formen mit *m*: *sîme* I 9, *aime* III 141, *ainem* III 114, *grôssim* III 49.

Auch das *m* des Artikels unterliegt dieser Schwächung: *dem* I 87, *den* III 54, *de* II 52. 73. Der Dativ sg. des Pronomens der dritten Person *im* I 5 ist in der Form *in* IV 143 dem Acc. gleich geworden. Durch das Gleichlauten trat dann Verwechslung des Acc. mit dem Dativ ein: *R. spranc in ainem calant* I 93. *im* ist Acc. I 110, II 139, IV 167.

Da man viele Formen auf *e* hatte, mit denen solche auf *en* gleichberechtigt waren, und solche, die berechtigter Weise nur auf *e* ausgehen durften, so lag die Gefahr nahe, das *n*, das organisch nur jenen Formen zukam, auch diesen anzufügen. So erklärt sich: der Acc. Plur. *voessen* I 93 (gewöhnlich ist die Endung hier bloßes *e*: *voesse* IV 37), der Nom. sg. der schwachen Masculindeclination *cnappen* IV 171 neben dem Voc. *cnappe* IV 71, die Acc. sg. *ainen bruke* I 31, *ainen wonden* IV 141. Ein *-en* ist zu viel in *mînen zornen* I 62, das für *mîn zornen* oder für *mînen zorn* steht.

In Folge dieser schwankenden Natur des *n* sind die im Hochdeutschen geschiedene, im mnld. zum großen Theil ganz zusammenfallende starke und schwache Declination mit einander in Verwirrung gerathen; so sind Dative sing. von Fem. *erde* IV 127, *erden* I 155, *nase* I 111, *nasen* III 135, *stange* I 38, *stangen* II 58, von Masc.: *colbe* I 2, *colben* I 14.

Die erwähnte Vermengung des Dativ und Accusativ, die in so vielen Fällen durch Übergang des *m* in *n* sowie durch Abfall oder Antritt des letztern statt hatte, hat auch für andere Fälle Vermengungen dieser Casus hervorgerufen:

1. Nach Präpositionen: *R. warfe se in dem mere* I 129, *R. nam sînen colben in der hant* IV 69, *in de haidinscaft* IV 181, aber richtig: *in der werlt* II 81, *in die scare* I 16. — *mit grôsse nôt* I 173 neben *mit grôsser nôt* II 121. — Der Artikel, der oft eine Verkürzung erfuhr, wenn nämlich die Form *de* vor vocalischen Anlaut zu stehen kam (*in derden* I 164, *dandren* III 121, *daugen* III 134, *darme* III 139) hat auch in diesen Formen Verwechslung des Acc. mit dem Dativ erfahren: *an derde* IV 127 neben correctem *in der erden* II 108, *ôf derden* I 155, *an dandre sîte* III 78, (für *in d'ansichte* IV 6 ist zu lesen: *in'd ansichte*).

2. Im Abhängigkeitsverhältniss von Verbis: *do ier mir sâcht* I 53, *wert û* I 13, *ic sal û versoechen* I 59, *wir en vorchten dir nimer* III 113, *was jagt û dare?* III 143 (neben *jagsse* I 60), *ic wil û cussen* IV 85, *dat grôsse vame colbe nam er sî dô* I 169 (wenn die Stelle richtig überliefert ist).

Analog dem unorganischen Gebrauch der Casus ist die Casusvermischung, wie sie uns aus der lateinischen Sprache in Inschriften schon der letzten Jahrhunderte des weströmischen Reichs überliefert ist. Wie sie im Dialect unseres Bruchstückes im Verstummen des auslautenden *n* Ursache und Ausgangspunkt hatte, so begann sie im Lateinischen mit dem Verstummen der auslautenden *m* und *s*, wovon zunächst Zusammenfallen, dann Verwechslung, dann völlige Einbuße der Casus die Folge war.

4. Beziehung zum französischen Text.

Das Kitzinger Bruchstück erzählt uns den größten Theil der zweiten (für die Franzosen siegreichen) Schlacht auf Aleschans, indem es bald nach deren Anfang beginnt und nicht lange vor ihrem Ende abbricht.

Die Bataille d'Aleschans ist nach Gautier, les épopées françaises III, 436, in eilf französischen Hss. erhalten. Die erste vollständige Ausgabe dieser Brauche veranstaltete Jonckbloet in seinem schon erwähnten Werke: Guillaume d'Orange. Wir haben uns nur mit dieser Ausgabe zu beschäftigen, da nur sie die unserm Bruchstück entsprechenden Theile enthält, und die neue Ausgabe der Bataille d'Aleschans durch Guessard und de Montaiglon, welche die Hs. Ar zu Grunde legt, noch nicht erschienen ist. Folgende vier Pariser Hss. legte Jonckbloet zu Grunde (s. Guillaume d'Orange II 225):

1. Ar die älteste sowohl in Bezug auf die Zeit der Niederschrift — als welche Jonckbloet die ersten Jahre des 13. Jahrhunderts, Gautier, les épopées françaises III 436, den Anfang des 13. oder das

Ende des 12. Jahrhunderts angibt — wie in Bezug auf den darin überlieferten Text. (G. d'O. II 175, 178.)

2. V, aus der Mitte des 14. Jahrhunderts, schöpfte aus einer guten Quelle und hat mehr Verwandtschaft mit Ar, als mit A oder B.

3. und 4. A und B sind beide um ein halbes Jahrhundert jünger als Ar. (G. d'O. II 175.) Die Hs. B floß aus derselben Quelle als A; doch ist ihr Text weniger correct und etwas verjüngt. A (alte Nummer 7186³, G. d'O. [4]) II 225, 241, neue Nummer 774. Gautier, les épopées françaises III 23) bleibt für unsere Untersuchung außer Betracht, weil sie gegen Ende unvollständig ist und das nr. Bruchstück erst später beginnt. Gautier sagt (daselbst 435—6), A breche mit der Tirade ab, die mit V. 3330 der Jonckbloetschen Ausgabe beginnt, während doch Jonckbloet bei dieser Tirade nur von einer von V. 3343—3662 gehenden Lücke weiß und von da noch bis V. 5332 Varianten aus A angibt. Zu diesem Verse (5332) gedenkt Jonckbloet der Hs. A zum letzten Male, und wir können nur daraus schließen, daß A vor 6291 abbricht, weil Jonckbloet an dieser wichtigen Stelle die Lesung von Ar B V, nicht aber von A angibt. Jedenfalls that Jonckbloet unrecht, uns im Unklaren zu lassen. Die Beschreibung von A, die P. Paris (les manuscrits françois VI 139) gab, ist nicht im Stande diesen Punkt aufzuklären.

Das französische Original des nr. Fragmentes wollen wir O nennen. —

Zunächst lehrt uns eine Vergleichung, daß eine Bezeichnung der vier Blätter als vier Bruchstücke, wie sie von Roth und Reuss geschah, unzulässig ist. Da die vier der Hs. entnommenen Blätter unmittelbar hintereinander gehören, so bilden sie nur ein Bruchstück.

Eine Erinnerung an die Tiraden ist insofern geblieben, als nicht selten (im Ganzen neunmal) dem Tiradenanfang in der Übersetzung ein neuer Absatz entspricht.

Wo die französischen Hss. (Ar B V) in den einzelnen Lesarten differierten, hat O, wofern es nicht eine von ihnen allen abweichende Lesart gewährte (z. B. 5567—8 = I 18—19; 6098 = II 145), in folgenden Fällen mit einer der drei Hss. übereingestimmt: mit Ar 5620 (wo *li mas* steht) = I 94; 5727 = I 147; 5846 = I 190; 6067 = II 123. — Mit B 5581 = I 74; 5597 = I 82; 5982 (im Text) = II 69.

Direct haben wir also in keiner der drei Hss. (Ar B V) das Original des nr. Gedichtes, was übrigens schon daraus hervorgeht, daß

---

[4]) d. h. Guillaume d'Orange cet. publié par Jonckbloet. 1854.

ihnen das I 22—60 Erzählte unbekannt ist; ebenso wenig in den Hss. 1448 (7535) und 2494 (8202), da die IV 75 genannten Namen von Renoarts Brüdern in ihnen abweichend lauten. Doch gestattet uns die Übereinstimmung sehr wohl einen Vergleich zwischen dem Bruchstück und Jonckbloets Texten.

Dem Anfange des Bruchstückes I 1—3 entspricht im französischen Texte V. 5525—8, und die Erzählung geht dann bis V. 21 = 5569 in beiden Texten neben einander her.

Von V. 22—60 haben wir aber im Deutschen einen Einschub, der, wie die Art der Darstellung lehrt, bereits in O gestanden hat, den aber keine der Jonckbloetschen Hss. noch Wolframs Willehalm kennt. Da Renoart sich verschlafen und seinen Kolben vergessen hatte, mußte er bekanntlich hinter dem Heere herlaufen und begegnete unterwegs einer Schaar Franzosen. Es waren die Muthlosen, denen Guillaume vor Beginn des Kampfes erlaubt hatte, nach Frankreich zurückzukehren. Als Renoart ihre Absicht erfuhr, brachte er sie mit Kolbenschlägen dazu, mit ihm wieder zum Heere zu ziehen, und erbat sie sich von Guillaume, um im Kampfe ihr Führer zu sein. Nun kämpfen sie, von Renoart in den Kampf geführt, nach Jonckbloets Texten gleich auf's tapferste. Das kam aber wohl O nicht wahrscheinlich vor, weshalb es eine Wiederholung obiger Fluchtscene an der erwähnten Stelle I 22—60 einschaltete. Auf's Neue ziehen die Feiglinge gen Frankreich, und Renoart sieht sich plötzlich allein. Da Guillaume dazu spöttische Bemerkungen macht, geht Renoart zurück, schimpft sie tüchtig aus und treibt sie wieder in den Kampf. Es unterliegt keinem Zweifel, daß dieser Zusatz nur eine Nachbildung jener ersten Scene ist, und eine Vergleichung von V. 22—60 des deutschen mit V. 5064—5122 des französischen Textes macht dies noch deutlicher. Manche Stellen verrathen wörtlichen Anklang, vgl. V. 28 mit G. d'Or. II 274, 3; V. 30 bis 31 mit 5065—6 und 5071, wo das Terrain ganz übereinstimmend geschildert wird; V. 45—46 mit 5079; V. 55—60 mit 5111—20. In O war die Interpolation zwischen V. 5570 und 5571 eingeschoben worden.

Von V. 61 = 5572 stimmen beide Texte wieder zusammen bis V. 112 des dritten Blattes = V. 6282. Nur die Erzählung vom Kampfe Renoarts mit Lamusté (ArBalafrés), V. 5786—5803, enthält das Bruchstück nicht: wahrscheinlich hat sie bereits in O gefehlt. (Auch im Willehalm fehlt sie.) V. 113—114 haben keine genau entsprechenden Verse in Jonckbloets Druck, und darauf correspondiert V. 115 ff. mit G. d'O. II 280, 19 ff., wo Jonckbloet die Kampfschilderung, wie sie in der Hs. B auf V. 6290 folgt, abgedruckt hat.

Bis V. 6290 gibt Jonckbloet den Text nach (A und) B, die
Varianten nach Ar und V (G. d'O. II 241). In Ar beginnt mit V. 6102
eine mächtige Lücke, in die der ganze folgende Theil des Bruchstückes
hineinfällt. Von V. 6291—6501 aber weichen V und B sehr von einander ab: die Darstellung von V hat Jonckbloet in den Text gesetzt,
die Darstellung von B steht im zweiten Bande S. 280 ff. unter den
Varianten.

Zunächst gibt nun unser Bruchstück im Ganzen dieselbe Erzählung wie B auf S. 280 ff. des zweiten Bandes (nämlich Renoarts Kampf
mit Borels Söhnen, mit Agrapart und Crutados, Renoarts Ritt und den
Kampf mit seinem Bruder Walegrape). Eine Übereinstimmung beider
Texte, wie im vorhergehenden, zeigt sich hier nicht mehr, indem sie
zumal in den Einzelschilderungen des Kampfes mit Walegrape oft aus-
einandergehen. Nur von IV 2 an zeigt sich eine Zeit lang genauere
Übereinstimmung mit G. d'O. II 283, 3 ff. Im Allgemeinen stimmt das
Bruchstück mit dem Texte von B bis G. d'O. II 291, 24 = IV 128.

Das nun Folgende von V. 129 an (der Kampf Bertrans mit Syna-
gon und das Gespräch zwischen Desramé und Bauduc) findet sich in B
nicht, wohl aber in V, wie umgekehrt das Vorhergehende von III 115
bis IV 128, oder das in G. d'O. II 280—291 Erzählte in B sich findet
und in V fehlt. O hatte also beides vereinigt. Von IV 129 bis zum
Schlusse haben wir also V. 6291—6361 zu vergleichen, und finden da
wieder eine genauere Übereinstimmung wie bis III 115.

5. Alter des französischen Originales.

Der älteste Text der Bataille d'Aleschans ist uns in der Hs. Ar
erhalten, deren Schrift, wie schon bemerkt, dem Ende des 12. oder
dem Anfang des 13. Jahrhunderts angehört: die in den übrigen Hss.
(aus dem 13. und 14. Jahrhundert) überlieferten Redactionen gehören
sämmtlich einer spätern Zeit an. Um nun das Alter der Redaction von O
annähernd zu bestimmen, wollen wir untersuchen, ob O engere Verwandtschaft mit Ar oder mit den spätern Hss. zeigt.

Nach Jonckbloet (G. d'O. II 178) unterscheiden sich die letztern
von dem in Ar erhaltenen Texte zumal in drei Punkten:

1. Die Halbverse, auf welche in Ar jede Tirade ausgeht, sind in
den spätern Hss. durch Unterdrückung oder Ergänzung zu Ganzversen
entfernt. Daß diese Halbverse in der Bataille d'Aleschans einen integrieren-
den Bestandtheil der ursprünglichen Form ausmachten, hat Jonckbloet
G. d'O. II 195 auf das zutreffendste nachgewiesen. (Gautier, les épopées
françaises III 22 stimmt ihm bei.) Indem wir nun die Übersetzung der

Tiradenausgänge einerseits mit der in Ar gewährten ältern Form des Ausgangs, andrerseits mit der jüngern in BV gegebenen vergleichen, wollen wir die Lösung der Frage versuchen: hatte O die Form von Ar oder von ABV? Bis V. 6101 = II 146 des nr. Bruchstückes (denn mit diesem Verse beginnt in Ar die Lücke) finden sich neun Tiradenschlüsse. Sieben davon hat der Übersetzer übergangen. Einer, V. 5966 (vgl. II 55—58, wo V. 57 fehlerhaft G für R steht), scheint, während B und V den Halbvers einfach wegließen, in O durch Ergänzung zu einem Ganzverse entfernt zu sein. Einer jedoch, V. 5856, gestattet einen Vergleich. B und V haben: *Plus d'une archiée ont paiens reculé.* Ar hat dafür: *Lors laissent courre, s'ont paiens escrié, Assés en détrencièrent.* Es ist dieß eine Stelle, wo kein Zweifel sein kann, daß die Lesung von Ar in den spätern Hss. geändert wurde, um den Halbvers zu entfernen. Hier hatte O ganz die spätere Lesart, vgl. II 2 des Bruchstückes: [*mère dane ainen bog*]*enscusse jagten si de haiden.* Wir glauben also, daß O bereits die jüngere Form, den Tiradenausgang auf Ganzverse, hatte.

2. Veraltete Worte sind in den spätern Hss. durch neue ersetzt. (In dieser Beziehung läßt sich kein Schluß auf O machen.)

3. Interpolationen der spätern Hss. bestehen in Wiederholungen und Umschreibungen, die den Fortgang der Erzählung hemmen, ohne Conception und Geist zu ändern. Ganz von dieser Art ist die S. 146 besprochene Interpolation, die sich I 22—60 findet und in O zwischen 5570 und 5571 eingeschoben war.

Dazu kommt 4. Manche der spätern Redactionen haben die eilf Zweikämpfe Renoarts auf eine geringere Anzahl zu reducieren gesucht. Jonckbloet selbst scheint G. d'O. II 178 dieß anzudeuten, und es ist unbegreiflich, wie er trotzdem die in V ausgelassenen Kämpfe hat unter die Varianten setzen können: sie gehörten entschieden in den Text.

Die eilf Heiden, die Renoart bekämpft, sind: 1. Margot. 2. Ar Enorré, B Aeuré, O Hurepé. 3. Borel. 4. Agrapart. 5. B Crutados, in den Hss. 1448 und 2494 Crucados. 6. Malegrape. 7. Grishart. 8. Flohart. 9. Desramé. 10. Haucebier. 11. Bauduc.

B und 1448 erzählen alle eilf Kämpfe.

Aus der Hs. 2494 erwähnt P. Paris (histoire littéraire de la France XXII 530): 3. 4. 10. 5. 6. 11.

Wolfram im Willehalm erzählt nur den dritten Kampf. Vielleicht ließ er die übrigen zehn Kämpfe absichtlich hinweg.

O gewährt davon 1—6; es fehlen 7—9; vor 10 bricht das Bruchstück ab.

V gewährt nur 1. 2. 3. 10. 11.

Da Ar hier eine Lücke hat, so sind uns in ihr nur 1. 2. und 11 überliefert, und es läge vielleicht nahe zu denken, Ar habe, wie das mit ihm besonders verwandte V, nur wenige Kämpfe gekannt, und die in spätern Hss. gewährten, in V (und Ar) fehlenden Kämpfe seien als Zusätze aufzufassen, die sich aus der unverkennbaren Neigung erklärten, um die Person Renoarts nach und nach neue Sagen zu häufen. Dann wäre Jonckbloets Verfahren gerechtfertigt, wenn er in seiner Ausgabe diese Kämpfe unter die Varianten setzte. Aber dagegen fällt ein Umstand in's Gewicht: die Lücke von Ar umfaßt in V 417 Verse, in B 985, in 1448: 976, in Ar selbst 960 Verse. Wir müssen also annehmen, daß Ar bereits alle eilf Kämpfe (wie B und 1448) enthielt.

Wir glauben uns ferner zur Annahme berechtigt, daß O der Gruppe ArV näher stand als der Gruppe AB. Dafür spricht, daß in dem Stück, welches von Ar mit unserm Bruchstück parallel enthalten ist, sich in den Varianten mehr Übereinstimmungen mit O zeigen, als in dem fast das ganze Bruchstück hindurch vergleichbaren B (vgl. S. 146), daß der Kampf mit Malegrape in O eine andere Redaction als in B verräth; und daß auch das auf diesen Kampf Folgende von B völlig abweicht, während es mit V die genaueste Übereinstimmung zeigt. Wir nehmen also an: Ar (Ende des 12. oder Anfang des 13. Jahrhunderts), alle eilf Kämpfe enthaltend, stellt die älteste Redaction dieser Gruppe dar. O (zweite Hälfte des 13. Jahrhunderts) ließ die Kämpfe 7. 8. 9. hinweg und V (Mitte des 14. Jahrh.) strich auch die Kämpfe 4. 5. 6.

Somit charakterisiert sich O sowohl durch Entfernung der Halbverse als durch die erwähnte Interpolation und durch die Reducierung von Renoarts Zweikämpfen als eine jüngere Hs.

Eine Bestätigung findet diese Annahme in der Schreibweise *paulme* III 66. Das Wort ist an dieser Stelle aus O entlehnt (Bat. d'Al. 6232), und gewiß in dieser Orthographie, die erst in der zweiten Hälfte des 13. Jahrhunderts anfängt, im Französischen heimisch zu werden und im 14. Jahrh. Mode ist. — Die Form *Baudin* für *Bauduc*, welche unser Fragment (I 82) kennt, ist nur der Hs. B (der schlechtesten der von Jonckbloet edierten) z. B. V. 5597 bekannt, sowie der dem 14. Jahrhundert angehörigen Hs. der Marcusbibliothek, aber den andern Hss. Jonckbloets und Wolframs Willehalm nicht. — Der Name *Walegrape* zeigt eine Entstellung, die auch die Hss. B und 1448 gewähren. Die ursprüngliche Form war *Malegrape* (böse Klaue), wie der Greif im Nouveau Renart 187 heißt, und so lautet der Name noch in der von P. Paris in den Anfang des 13. Jahrh. gesetzten Hs. 2494 und im covenant Vivien ·V 192, 262.

6. Methode der Übersetzung. Form.

Wir müssen dem Verfasser des nr. Gedichtes zugestehen, wo er wirklich übersetzt, hat er den Text seines Originales recht getreu wiedergegeben, vgl. II 62—74 mit V. 5976—5986.

Aber er übersetzt keineswegs Zeile für Zeile. Er hat vielmehr öfter gekürzt, indem er Einmal Verse oder Worte, die er entbehren zu können glaubte, übersprang, und zweitens, indem er zuweilen, was sich im Französischen in ausgeführter Darstellung fand, kurz zusammen-faßte, z. B. *unt wâpen sic gare* I 119 übersetzt: *Isnelement vesti un jazerant, Puis a lachié un vert elme luisant, Isnelemant a saisi un bon brant.* 5664—6. *er stach B. dor den scilt unt den halsberg dare* IV 140 übersetzt: *Bertran féri devant en l'encontrière: Par mi l'escu li mist l'ante plenière, Que cent des mailles del hauberc cope arrière* 6305—7. *derslân* I 14 übersetzt: *briser les braz et les costez* 5558. Solche Stellen beweisen, daß nicht O, sondern erst der Übersetzer sie kürzte, wie es fast überall wohl der Fall war, zumal wo sich von ganzen Tiraden nur ein oder zwei Verse übersetzt finden. Z. B. II 121—122 übersetzen aus der Tirade 6053—6065 nur V. 6054 und 6057. Zusätze des Über-setzers scheinen sich außer einer später zu erwähnenden Stelle auf einzelne Verse zu beschränken, die er dem Reime zu Liebe einem aus dem Französischen übersetzten Verse zuweilen zugefügt hat: *nit langer er dô liess* I 178, *darnâch er dô nit en liess* I 189, *unt de crône van dem lande geweldekelîche* II 65, *si woulten gerne slân dôt* II 122 u. a.

Doch vermochten die Zusätze nicht, den skelettartigen Charakter der Darstellung zu entfernen, und der Übersetzer scheint allen Sinnes für poetische Schönheit entbehrt zu haben, da er oft gerade das Schöne oder schwer Entbehrliche übergangen hat. So hat er z. B. das groß-artige Bild V. 6293—4, wo Renoart aus Heidenleichen ein Flußbett bildet, durch welches sich dann das Blut als Strom ergießt, wofern O die Stelle enthielt, übergangen. Charakteristisch für seine trockene Darstellung ist, daß er die directe Rede des Französischen gern mit indirecter übersetzt. *Il li demande: „Amis, dont estes nez?"* 5639. *R. vrâgt im, wane er wâre* I 109. — *Bertrans respont, qui toz est effréez: „Sire, de France, niés Guillaume au cort nez. Paien m'ont pris. iiij. mois a pas-sez"* 5640—2. *er saite, er wâre van vrankerîchen, nave G. miter corter nase ende wâre dar. iiii. mânt gevangen* I 110—112.

Dem hölzernen Ausdruck und der geschmacklosen Darstellung entspricht eine ungeglättete Form, in der sich zwar ein Anstreben, aber nichts weniger als ein Durchführen des Reimes zeigt. Die Reim-kunst beschränkt sich meist darauf, an den Schluss des einen Verses *dare*, des andern *gare* zu setzen, und die Zahl der Hebungen unterliegt keiner bestimmten Regel. Doch zeigt sich zuweilen das Bestreben, Verse von vier Hebungen zu bilden. Längere Versreihen finden sich ohne jeden Reim z. B. II 66—74 (abgesehen von *forment : piument*). III 82—6. IV 87—91, 129—135, und gerade in diesen reimlosen Versen ist das Original am getreuesten übertragen, woraus mit Bestimmtheit hervorgeht, daß eine Annahme, das Gedicht habe ursprünglich eine correctere Form gehabt, ebenso unberechtigt, als ein kritischer Versuch, eine solche Form wiederherzustellen, unausführbar wäre, ohne die Übereinstimmung mit dem französischen Originale zu stören. Da wir nun auf der andern Seite in längern Perioden den Reim durchgeführt finden, so macht das Ganze gar nicht den Eindruck eines zum Abschluss gebrachten poetischen Werkes. Reimprosa des 12. Jahrhunderts darin zu sehen, ist nicht erlaubt, da die Redaction des in O überlieferten Textes nicht so weit zurückreichen kann. Es scheint daher, daß wir es nur mit einem Versuche oder mit einer Übersetzung im Concept zu thun haben, die der Verfasser nur provisorisch mit einer später noch zu polierenden poetischen Form ausstattete. Die ganze Anlage und Darstellung des Gedichtes, das nur ein kurz recapitulierender Auszug des französischen ist, bestätigt dieß. Indem der Verfasser nur den Inhalt des französischen kurz wiedergab, hie und da einen Reim versuchte, aber bei der Verbindung der Sätze außer einem *dô* oder *unt* allen Kitt verschmähte, entstand der abgerissene Stil, wie er sich im ganzen Bruchstück zeigt; vgl. z. B. I 134 ff.

> *der sloec se nider ône zal.*
> *de kindre wâpen sich zehant.*
> *dô sprac B: „hade wier orsse!“*
> *Dô quam ain Turke gerant.*
> *er was woul gewâpent gar.*
> *Elinant den dersloeg er dar* u. s. w.

In welchem Versmaß aber das Gedicht verfaßt werden sollte, lehrt uns eine Stelle IV 148—160.

> *dor zô troften ir here.*
> *dô quâmen die van uber mere*
> *Miten van Spanie zoe gedrongen,*
> *di allten vaste miten jongen,*
> *alle, die dô strîten solten.*
> *here G. quam mit sînen holten*
> *gegen im mit grôssen vlîte.*
>
> *dô sach men vanen van samîten*
> *bliken unt van cendâl.*
> *si quâmen al zemâl*
> *in die peressen van baiden sîten,*
> *al die dô woulten striten*
> *dorch iren god unt dorch ire êre.*

Da diese Stelle richtig gebildete Reimpaare aus Versen von vier Hebungen zeigt und in Jonckbloets Text fehlt, wo 6322 = IV 161

gleich auf 6321 = IV 147 folgt, können wir sie wohl mit Recht als
ein Product der Thätigkeit des nr. Dichters ansehen.

7. Zeit der Abfassung.

Bisher haben verschiedene Gelehrte das Gedicht einer verhältniss-
mäßig frühen Zeit zugewiesen, wogegen nur Gautier, les épopées françaises III 35, einen Zweifel äußerte. San-Marte sagt in dem S. 136
besprochenen Aufsatze: Die Trockenheit der Darstellung läßt eher auf
ein hohes Alter des Gedichts schließen, als auf ein jüngeres, weil nicht
die Nachahmung der Hofdichter der besten Zeit bemerklich ist, die die
jüngern Dichter in ihrer Schwäche nirgend verschmähten. Roth nannte,
wohl unabhängig von San-Marte, in seinen Denkmälern S. XV das
Gedicht vorwolframisch. Dieselbe Angabe macht Koberstein (Grundriss
der Geschichte der deutschen Nationalliteratur. Erster Band. Vierte
Ausgabe, S. 217 Anm.), auch Wackernagel (Geschichte der deutschen
Literatur S. 177) und Clarus (Herzog Wilhelm von Aquitanien S. 309),
während er S. 363 das Gedicht dem 13. Jahrhundert zuweist.

Wenn San-Marte diese Annahme, die wohl nur durch die Unmöglich-
keit, das Gedicht mit dem Originale zu vergleichen, entstand, durch
die Trockenheit der Darstellung begründet, so haben wir bereits S. 151
gesehen, daß diese aus der Übersetzungsmethode hervorgehen mußte,
also nicht für das Alter zeugen kann. Übrigens habe ich mich im
12. Jahrhundert vergebens nach einem in solchem Stile verfaßten
Gedichte umgesehen.

Vielleicht hat manches Sprachliche jene Ansicht begründen helfen,
das auf den ersten Blick als alterthümlich erscheinen mag, während
das Vorkommen in spätern nr. Gedichten beweist, daß es weniger als
Alterthümlichkeit denn als dialectische Eigenthümlichkeit aufzufassen
ist. So *ei* für *e* als Umlaut von *a*, das im Annoliede so häufig ist,
gewähren *bespreinget* II 129, *einde* II 138 neben *enden* III 90, *heilsen*
IV 85, *heilde* IV 161, vgl. dazu *heilt* Hagens Reimchronik 4953, 4970,
heimpt v. 827 in dem nach Schade zu Anfang des 16. Jahrhunderts
entstandenen líden der hílger Machabeen, Neuholländisch *einde* u. s. w.

Harte Consonantengruppen im An-, In- und Auslaute werden
durch Vocale, meist *e*, gemildert, z. B. *deresscet* I 67, *conoten* I 127,
gevenkenisse II 5, *halleme* IV 9, *touren* IV 91, vgl. das mnld. *hellem* u. dgl.
Grammatik 1,² 489, *gelanz*, erste Ursula v. 327. Altdeutsche Blätter II, 41,
gelimmen, Adolf von Nassau 451 in Haupts Zeitschrift III 7, *geren*, Sibillen
boich 94, 240 in Schades geistlichen Gedichten, *werede*, Lacomblet,
Urkundenbuch II 376, *veravele* daselbst III 48, *korin* III 179, *vyrdehalef*
III 223.

e bewahren im Auslaut *scare* I 16, *geware* I 33, *vile* IV 187 u. s. w., vgl. das Mnld. *scare* u. dgl. Nach W. Grimm, Athis und Prophilias S. 11 ist diese Bewahrung des *e* Eigenthümlichkeit des Mitteldeutschen, wozu ja auch das Nr. gehört.

e zeigt sich unorganisch im Auslaut: *warfe* I 129, *wâre* I 164, *liesse* II 52, *baume* II 72, *tûvele* II 90, *dire* III 47 u. s. w. Dieß paragogische *e*, das im spätern Nr. nicht selten ist und seit dem 12. und noch im 15., 16. Jahrhundert im Bairischen im Perfect (Weinhold, bairische Grammatik §. 290) und an Nominibus (§. 338, 342) erscheint, ist mehr gemeindeutsche Zeitlaune denn mundartliche Eigenthümlichkeit (Weinhold, alemannische Grammatik §. 114).

Zu *zornoc* II 85, vgl. *hizoger, dat lîden der hîlger Machabeen* v. 262.

Das Reimen der Mediae mit einander (*gehaben : derslagen* I 105, *scaden : sagen* II 123, *derslagen : scaden* IV 119) kennen die besten mhd. Dichter (Wolfram). Das Reimen der Liquiden und Nasale (*tal : hardan* I 30, *tale : gare* I 47, *nam : hardan* II 98, *vernam : began* III 148, *quam : dan* IV 13, *quam : lân* IV 57) könnte bei einem Laien der Kunst auch zu Ende des 13. Jahrhunderts nicht auffallen, da der Compilator des Karlmeinet zu Anfang des 14. Jahrhunderts in den von ihm verfaßten Partien nicht nur *m : n* unbedenklich bindet (Bartsch, über Karlmeinet S. 228), sondern sich weit auffallendere Freiheiten gestattet (das. S. 254). Zudem ist nicht sicher, daß *tal : hardan, tale : gare* als Reime fungieren sollen.

Ein Auszug aus einem französischen Gedichte, wie das Kitzinger Fragment, konnte an und für sich sowohl vor als während und nach der mhd. Blüthezeit entstehen. Da nun die Art, wie der französische Text in O vorlag (vgl. S. 147—150), die erste Annahme unmöglich, die zweite unwahrscheinlich macht, so entscheiden wir uns für die dritte.

â und *ô* berühren sich im Reim *hât* (Hs. *hôt*) : *dôt* II 143 (*hôt* ist bairisch und schwerlich nr., daher auch I 146 *bestân : hân*, Hs. *hôn* zu lesen ist), was nr. Denkmäler aus dem Ende des 12. Jahrhunderts noch verschmähen, während es gerade am Ende des 13. Jahrhunderts (noch nicht in der 1270 beendigten Reimchronik Hagens) häufig ist, ohne daß dabei ein völliger Übergang des einen in den andern Vocal anzunehmen wäre. Daß aber an der erwähnten Stelle der Verfasser mit *hât : dôt* einen Reim beabsichtigte, bestätigt die freie Wiedergabe seines Originales (Bat. d'Al. 6096). Beispiele der Bindungen *â : ô* gibt Bartsch, über Karlmeinet S. 223, und Schade in den Einleitungen zu den geistlichen Gedichten. Das Gedicht Môrant und Galîe (nach Lachmann und Bartsch zwischen 1190 und 1210 verfaßt) erlaubt sich weder in dem von Lachmann (Über drei Bruchstücke niederrheinischer Gedichte) herausgegebenen Bruchstück des Gedichtes in der ursprünglichen Gestalt, noch in der dem Karlmeinet einverleibten Umarbeitung den Reim $\hat{a}$: $\hat{o}$, und unterscheidet sich dadurch bestimmt von den später entstandenen Theilen des Karlmeinet.

Wir setzen also die Entstehung der nr. Schlacht von Aleschans in die zweite Hälfte des 13. Jahrhunderts, und zwar dem Ende des Jahrhunderts näher als der Mitte, da die nach Reuss in den Anfang des 14., nach Roth in das 13. Jahrhundert weisende Schrift der Kitzinger Blätter eine spätere Zeit der Abfassung anzunehmen verbietet.

8. Verhältniss zu Wolframs Willehalm.

Nichts spricht für eine Bekanntschaft des nr. Dichters mit Wolframs Willehalm. Eine Bekanntschaft Wolframs mit unserm Gedicht, die Wackernagel nach Willehalm 7, 23 annahm (Geschichte der deutschen Litteratur S. 178, Anm. 25), ist durch unsere Zeitbestimmung des nr. Gedichtes widerlegt. Die Kreise, für welche der Willehalm zunächst bestimmt war, konnten mit der Geschichte von Orables Erwerbung bekannt sein, auch ohne daß gerade ein in deutscher Sprache niedergeschriebenes Werk die Ursache dieser Bekanntschaft zu sein brauchte.

Manches scheint für eine Verwandtschaft zwischen O und Q (Wolframs Quelle) zu sprechen, wenn auch die durchgreifenden Änderungen, die sich Wolfram offenbar mit Q gestattete, eine Entscheidung hierüber unmöglich machen. Q stimmt mit O in den III 99—100 genannten Namen. O nennt guion van monsorel und Reinier van anjou. Q nennt (in der Schreibweise Wolframs) *Kiûn von Munsurel* und *Remôn Daniu* 428, 21—23. Abweichend hat der französische Text Jonckbloets *Guion de Montabel* und *Renier de Perche* 6271—2. Auch stimmt der Name des Wurms *neitûn* Willehalm 425, 30 besser zum *luitoun* III 93 des Bruchstücks als zum *lirame* des französischen v. 6266. Willehalm und das Bruchstück theilen die Unbekanntschaft mit dem 5786—5803 geschilderten Kampfe Renoarts mit Lamusté (Ar Balafrés). Da jedoch O an andern Stellen genauer mit den von Jonckbloet edierten Hss. als mit Q übereinstimmt (vgl. Bat. d'Al. 5621—4, Bruchstück I 95 bis 98, wo v. 5623 nicht übersetzt ist, mit Willehalm 415, 27—29, 416, 9 bis 12. Bat. d'Al. 5724, Bruchstück I 143 mit Willehalm 413, 27), so müssen wir wohl auf einen Schluss auf das Verhältniß von Q zu O verzichten.

9. Verbesserungen und Erläuterungen zu Roths Text.
Erstes Blatt.

v. 49. *do worden si der vart gar,* liest Roth und nimmt *worden* =
warteten. Es ist zu lesen: *dô worden si dervârt gar. worden* ist echt nr. =
wurden. dervâren ist der Mundart entsprechend das mhd. *ervaeren,*
Neuholl. *vervaaren,* bei Fritz Reuter *verfiren,* das im nr. so beliebt ist.

v. 68. *miten dôden was daz velt becumert gar. becumert,* das vom
lat. *cumulus,* Haufe, Last, seinen Ursprung nimmt, hat hier ganz die
sinnliche Bedeutung: behäuft, belastet. *bekommeren,* impedire, detinere,
distinere, retinere, comprimere, subsistere, remorari, occupare etc. (Cor-
nelii Kiliani Dufflaei etymologicum Teutonicae linguae, vierte Ausg.
Utrecht 1632). Ähnliche Anwendungen in Grimms Wörterbuch beküm-
mern 5. Mehr noch blieb den romanischen Ableitungen von *cumulus*
die sinnliche Bedeutung.

v. 80. *in meuchten .ii. ors nit gedragen.* Das französische *en* 5591
bezieht sich auf die Stange Renoarts, der Übersetzer bezog es auf
diesen selbst.

v. 96. *Guielin.*

v. 113. *Nou sal ic wesen in arcarege gevûrt.* Roth streicht das eine
ge, ohne den Text dadurch lesbarer zu machen. Da das *Arrabe* des
französischen v. 5645 zu fern liegt, vermuthe ich: *arcange,* vgl. Bat.
d'Al. 7695: *Nez fu d'Arcagne, d'un estrange regnez. ange* wird öfter zur
Wiedergabe des französischen *agne* gebraucht: *Gorgozzange,* Willehalm
34, 16 l. *Gorgosange* y, französisch *Gorgataigne,* Bat. d'Al. 1619. —
griffange, Willehalm 36, 8 y, französisch *Grifaigne,* prise d'Orenge
1162. — *Brahange,* Willehalm 353, 30 l, *Brahangen* op. französisch
breheigne, Bat. d'Al. 6173. — *bertangen,* Môrant und Galîe 229 (in Lach-
manns Abh.: Über drei Bruchstücke niederrheinischer Gedichte).

v. 161. *ain haiden van vraisselichen daine becant.* Ich vermuthe
van vraisselichen lîcham daine becant. lîcham übersah der Schreiber
nach *lîchen* leicht. II 33 = 5933 und II 179 = 6135 beweisen, daß
lîcham ganz gewöhnlich das französische *cors* übersetzt, das auch hier
(v. 5769) steht. Daß *lîcham* im nr. stark flectiert, beweist außer zahl-
reichen Stellen anderer Gedichte auch II 33 unseres Bruchstücks. *daine*
fassen wir mit Roth als „einzig," nicht aber *d* als Artikel, der ja keinen
Sinn hat. *d* ist wohl accessorischer Laut. Ein gleiches *d* findet sich
III 120. *iiii. liesser den omacht dô,* wo *d* noch weniger Artikel sein
kann. Vgl. das über die accessorischen Laute S. 143 Gesagte und das
d in Bildungssilben im Neuholl. (*zwaarder, hoenders* u. s. w.)

v. 167 ist wohl zu lesen *ier sult mir dess conseus vermant haben.* Ihr hättet mich an euern Rath (die Heiden zu stechen) erinnern sollen. (Französisch *conseus* = consilium.)

v. 170 für *mitalde* ist wohl *miralde* zu lesen, lat. *admiraldus. escele* liest Roth. Aber nach S. 95, Anm. cc) sind *c* und *t* in der Hs. öfter nicht zu unterscheiden; man lese also *Estelé* wie Bat. d'Al. 5817.

v. 172—3 hat sich der Abschreiber versehen: *R.* gehört in v. 173 und *er* in v. 172. Vgl. Bat. d'Al. 5820—3.

v. 173. Roth will *vame orsse* lesen, aber *vame colbe* ist getreue Übersetzung des französischen *del tinel* v. 5823.

v. 183. Hs. *R spstiest.* Roth: *R. spiest.* Aber es ist wie v. 190 *stiest* zu lesen. Der Schreiber setzte das nach *R.* so häufige *sprach* an, sah bei dem *p* den Fehler ein und schrieb das richtige *stiest* dahinter.

Zweites Blatt.

v. 7. [*bernar*]*t vnt benuon* liest Roth, es muß aber *beuuon* = *Beuvon* heißen, wie schon Reuss las.

v. 31. Roth: *G. der cante si an* [*de grôsse s*]*lege sîn. dercante si* muß es heißen, da *si* Subject ist und *dercante* für *dercanten* steht. Bat. d'Al. 5932.

v. 57. Hs. und Roth: *unt gab G. de craft.* Der folgende Vers und Bat. d'Al. 5966 beweisen, daß es heißen muß: *unt gab R. de craft.*

v. 64. *van stors van orcasse hielt er daz koncrîche. des tors d'Orcoise tenoit le chasement.* V. 5978. Der nr. Übersetzer las *de Stors.* Daß Jonckbloet besser las, beweisen analoge Stellen: z. B. *des fors tors d'Aire* 6620.

v. 71. *van spesie leven si. d'espices vivent* 5984. Reuss las: *van speke.* Das Komma nach *rauche* ist zu streichen.

v. 83. *sloeg* fehlerhaft statt *soecht.* Bat. d'Al. 6003.

v. 179. Mit *yngremance* hat Renoart seinen *lîchame* unverwundbar gemacht (so sagen die Heiden. Bat. d'Al. 6135). *yngremance* ist necromantia.

Drittes Blatt.

v. 27. *eham gnen,* d. i. [*br*]*ehaingnen,* Bat. d'Al. 6173.

v. 92. Da *c* und *t* in der Hs. öfters nicht zu unterscheiden sind, ist wohl *martel* für *marcel* zu lesen, Bat. d'Al. 6263.

v. 93. *luitoun,* das auch II 69 vorkam, findet sich in Jonckbloets Ausgabe zweimal: *lucuns* (Ar *noirois*) Bat. d'Al. 5982 (= II 69 des Bruchstücks), *luiton* 6763, aber nicht an dieser Stelle 6266. Verwandt ist wohl das neufranzösische *lutin* und vielleicht auch der heidnische Landesname *Luitis,* covenant Vivien 523, oder *Lutis,* G. d'O. II 296, 5.

Zu **v.** 133 weiß ich nichts Genügendes. Es soll wohl heißen: *daz bloet in dem mer gelibert was.*

v. 189. *Guinemant.* B und V nennen ihn nur Bat. d'Al. 6 unter *Guillaumes* nächsten Verwandten als Kämpfer auf Aleschans. (Ar und A nennen ihn gar nicht.) Weder an dieser Stelle noch irgend sonst in der Jonckbloetschen Ausgabe erscheint dieser ἅπαξ λεγόμενος wieder. O hat ihm, wie es scheint, hier eine Rolle zugetheilt, wozu wohl der Tiradenreim auf *ant* die Veranlassung gab. (Wolfram nennt im Willehalm *Gwigrimanz* 14, 20; 13, 10; 151, 24.)

v. 191. *hon vnt terv. Mahom et Tervagant.* G. d'O. II 282, 30.

Viertes Blatt.

v. 25. Hs. und Roth *quatatage puche,* lies *quâtige phuce.* Daß *phuce* ganz dem Dialect des Gedichtes entspricht, beweist das *ph* in *phont* II 78, das *c* in *antelice* IV 143, *puche* im Sinne von *putze* wäre minder entsprechend.

v. 76. Die Hs. hat nach Reuss *pcegues.* Roth liest *procegues,* das Richtige ist *percegues* G. d'O. II 289, 23.

v. 87. *ne sotte nit. sotten,* ghecken. Ridere, nugari. Corn. Kiliani Dufflaei etymologicum.

v. 112. *in haidenisse,* mhd. *heidenische* (in heidnischer Sprache, auf heidnisch); vgl. Wernher vom Niederrhein: *galileisse* 19, 21. *In hebreissen heiz he messyas,* 46, 8.

v. 148 ist wohl *dor zô* zu lesen.

v. 169. *daz ir sit starc gar,* lies *ist* statt *sit.* Der Schreiber hielt das ihm fremde *ir* für die zweite Person Plural und schrieb deshalb *sit* statt *ist. ir* muß v. 169 dieselbe Person als v. 170 bezeichnen, und *ir* v. 170 kann nur Renoart sein, nicht Bauduc, da die Christen nicht fünfzehen, sondern nur einen König haben. Bat. d'Al. 6335.

v. 177—178 entspricht Bat. d'Al. 6345, nur daß, wo Jonckbloet *atirez,* der nr. Übersetzer *acirez* las.